텃밭에서 세상 보기

김순태 시집

시음사
시사랑음악사랑

시인의 말

바람길 또렷이 열어 놓은 이랑
자존감 치켜든 잡초가 허물어 버렸다.

잡초 더미 속에서 내미는 그리움
바람결 따라 흘러나와 가슴으로 파고든다.

그럴 때마다 시린 글을 쓰며
좁아터진 마음 밭에 씨를 뿌린다.

텃밭에 꽃이 피면 시향이 되어
봄날의 푸성귀처럼 포만감으로 다가서겠지.

꽃샘에 두려움과 봄볕의 수줍음이 공존하는 텃밭
잡초를 허물고 사랑 꽃이 걸어온다.

곧 다가올 선물 같은 봄
텃밭에 한가득 꽃이 피겠지!

시인 김순태

QR코드   스마트폰으로 QR 코드를 스캔하면
시낭송을 감상할 수 있습니다

본문
시낭송
감상하기

 제목 : 텃밭의 봄
시낭송 : 박영애

 제목 : 씨앗의 꿈
시낭송 : 박영애

 제목 : 비익조
시낭송 : 박영애

 제목 : 화양연화
시낭송 : 박영애

 제목 : 절연
시낭송 : 박영애

 제목 : 사랑 그 깊이
시낭송 : 박영애

 제목 : 자화상
시낭송 : 박영애

 제목 : 동백의 밤
시낭송 : 박영애

 제목 : 가을은 그리움이다
시낭송 : 박영애

 제목 : 가을이란다
시낭송 : 박영애

 본문 시낭송 모음

영상은 YouTube 정책 또는 운영 관리에 따라 삭제될 수도 있습니다.

시인은 자연을 이야기하고 시낭송가는 자연을 품었다
글자는 날개를 달아 언어로 날고 소리는 자연에 눕는다

* 목차 *

* 목차 *

* 목차 *

* 목차 *

텃밭의 봄

턱턱 갈라진 자투리 끝자락
매일 다르게 놓이는 생각으로 흔들리는 장미
바람길 열어 놓은 벌집에 의지한 채
수심 걷어내고 말갛게 웃는 반쪽 심장이 있다

울타리 둥지 삼은 장미의 속내를
알 수 있는 오직 한 사람
거리의 감각을 느낌으로 이어주는
천륜이란 끈으로 엮어 놓은
이성에서 가장 아름다운 사람
놓아버릴 수 없는 절대적 사랑이다

아무런 조건 없이 내어준 사랑
깨닫기 전 물거품처럼 흩어져
어떤 모습으로 서야 할지 가늠하지 못한 채
아무것도 존재하지 않은 곳에서
장미는 웃어야 했다

정마저 떼어내려는 듯

상사화 푸른 잎 건초처럼 말려드는 텃밭

잊을 수 없는 긴 생각이 달리듯

담장을 따라가는 능소화

끝이 어디쯤인지 가늠하지 못하고

붉은 심장 장미만 수런거린다.

제목 : 텃밭의 봄
시낭송 : 박영애
스마트폰으로 QR 코드를 스캔하면
시낭송을 감상할 수 있습니다

텃밭을 꽃밭으로 (꿈)

그리움처럼 달리던 호박 넝쿨 싹둑 잘라내고
대들보처럼 빳빳한 옥수수 대 꺾어내고
켜켜이 묵혀 있는 부스러기 쓸어냈다

두꺼비 몸짓 부풀리기 접고
훗날 아름다운 삶 하나씩 하나씩 채우기 위한
작은 몸부림이 시작됐다

딱딱한 땅을 뒤집어
그리움의 아픔을 어루만지며 깊숙이 심고
시리지 않은 물을 주었다

호접을 접고 잠시 쉴 수 있는 공간
상상하며 미소가 번진다

분홍 무지갯빛이 펼쳐진다
돌아오는 봄은 결코 춥지 않겠다.

텃밭을 꽃밭으로 (수선화)

언제나 내 마음은 봄같이 노란 수선화예요
바람 따라 흔들리고
나비 따라 춤추는 소녀처럼 하늘거려요
삭풍이 몰아칠 때도 엄마 품속 같은
땅속에서 웃고 있어요

처녀같이 봉긋한 속살 안에
희망 가득 실은 첫 나들이
뉘 볼세라 빠끔빠끔 내민 마음
풍선같이 부풀어 공중 부양하는 천사예요

곧 이루어질 봄의 성지
노란 꽃다발 한아름 안고 도착한
두 번째 사랑
어쩌나
두근거리는 속마음 감출 수가 없어요.

텃밭을 꽃밭으로 (튤립)

온실에 있을 때는 외롭지 않았다
허허로운 벌판 알싸한 바람
살을 에는 텃밭 가장자리는 고독하고 아프다

외로움에 떨던 어느 날
발밑을 보았다
나만 있는 게 아니었어
수선화도 상사화도 희망을 꿈꾸며 쉬고 있었다

손을 내밀어 이름을 불러 보았다
잠시나마 따뜻하고 행복하다
나를 위한 몸부림에
내가 살 수 있음을...

텃밭을 꽃밭으로 (코스모스)

늦가을
들녘에 서성이는 추녀
꺾어질 듯 흔들리는 모습
애절한 눈빛
나 닮아 슬프다

추운 겨울날이 터널이라도
곧 다가올 봄맞이 단장을 위한
작은 움직임을 보여야지

생각을 키우고 마음에 살을 붙이고
그 어떤 흔들림도 버틸 수 있게 비옥하지만
깊이 뿌리를 내려야겠어

알록달록 고운 옷으로
세상 나갈 때
가장 아름다운 모습으로
자존감 더 높게 걸어봐야지!

텃밭을 꽃밭으로 (그리움)

깊은 곳에 묻어 두고
볏짚을 쌓았다
그리움이 싹 틀까 봐
눈꽃으로 덮고
투명한 얼음으로 또 덮었다

잘라낼 수 없는 생각에 가위를 대는 어리석음
아무리 발버둥 쳐도 벗어날 수 없다는 걸
그때는 몰랐나 봐

한줄기 볕이 비칠 때
눈꽃이 사그라지고 물안개처럼
다시 피어오르는 잊히지 않는 오직 한 사람

꾹꾹 누르며 참고 견딘 설움을
애써 부인이라도 하듯
볏짚 밑에서 시작된 애끓는 사랑!

텃밭을 꽃밭으로 (씨앗의 꿈)

긴 어둠을 느끼고
짧은 하루 볕을 마신다
조금씩 사라져 가는 어둠으로 분주해진 땅속을 본다
볕을 만지는 시간이 아주 조금 길어졌다고
고군분투에 조급함이 살금 거린다

별과 달 보며 물어보던 질문의 답은 없고
어둠의 유혹이 가끔 흔들고 지나간다
가만히 있는데 빛이 들지 않는다는 진리를
깨닫기까지의 짧은 시간 용트림이 시작된 거지

이건 어떻게 할 수 없는 절대적이야
싹을 틔워야 하는 의무와
꽃을 피워야 하는 책임과
결실의 열매를 맺어야 하는 분명한 이유다
어둠이 책장을 넘겨야 하는 또 하나의 이유다.

제목 : 씨앗의 꿈
시낭송 : 박영애
스마트폰으로 QR 코드를 스캔하면
시낭송을 감상할 수 있습니다

15

텃밭을 꽃밭으로 (눈꽃)

텃밭에 하얀 꽃이 피었다
파릇하던 들풀 파삭하게 마른 잎새 위도
봉긋하게 쌓인 볏짚 위도
윤슬처럼 눈꽃이 부시다

꽃밭에 덮은 하얀 솜이불
임은 추위에 떨지 않겠다
겨울바람이 이불을 들춰도
겹겹으로 눌린 볏짚으로 두렵지 않겠다

따뜻한 눈길 늘 주시하며 머무르는 곳
찬바람은 무심하게 흘러가고
한 아름 볕이 종일토록 속삭이며 놀던 자리
꽃밭에 겨울은 오래 머물지 않겠다.

텃밭을 꽃밭으로 (관심)

아직은 아무것도 보이지 않지만
고장 난 듯 멈추어 있을 수는 없다
무심한 듯 툭툭 밟고 가던 태양
이제는 시간을 조금 늘려
씨앗의 상태를 살피며 속삭이고 있었다

속살까지 얼어 터져 쩍쩍 갈라진 상처 사이를
치유의 손길이 닿듯 빛이 새어든다
어제보다 길어진 치유의 시간
검던 피부가 옅은 봄 색깔로 바뀌어 갈 때
텃밭은 큰 결심을 해야만 했다

품고 있는 아름다움을 세상 밖으로
보낼 출산의 고통을 감내하고
어떤 향기로
어떤 색으로 봄길을 걸어가야 할지
행복한 고민 그때부터 시작했을지도 모르지

곧 실현될 웅장한 꿈.

텃밭을 꽃밭으로 (상사화)

볕이 잘 드는 곳에 풋풋한 옛사랑을 묻어 두고
상상의 꽃으로 깨어날 수 있게
짚으로 집을 지었어요

마음으로 덮어 놓은 짚을 주말마다 들추어보며
잘 계시나요
찌푸린 땅 차가움이 스며들지는 않은지요

험난한 자갈길 건너 포슬포슬한 흙이 있는
길만 딛고 오셔요
지금쯤 말캉거리며 웃는 볕이 위에 놓여 있을 거예요

오시는 길섶 들꽃의 노래 들으시고
향기로운 꽃길 미쁘게 딛고 오세요
그 끝 선에서 기다리고 있을 거예요.

텃밭을 꽃밭으로 (그리움이란 꽃)

포근한 주말 아침
무서운 질주를 따라가는 그림자가 있다

그리움을 심어 놓은
텃밭의 변화가 무척이나 설레게 한다.

한마디 변명도 없는 볏짚을 들추며
잘 계시는가요

입김을 불어내는 듯 모락모락 피어나는
무엇인가에 뭉클해지는 가슴이 있다

귀 기울여보고 흙무덤을 조금 허물어도 보지만
나만의 상상으로 돌아온다

허물어진 할머니 꽃밭엔
벌써 그리움이 초롱초롱 자라고 있다

그리움이란 큰 그림자와 좁히려고
달려가는 나이테가 흘러내린다

내 가슴에 그리움은 언제나 목마르다
정녕 잊으신 건지
아직도 꿈속에서 걸어 나오지 않는다.

당신과 이렇게 살고 싶어요

파도가 부서지는 한적한 바닷가
하얀 모래밭에 사랑 그리며
끝없이 펼쳐진 수평선 위에
노을이 붉은 물감 풀어놓을 때
서로 닿을 수 있는 공간 안에서
별을 헤이며 시간을 멈추고 싶어요

현실을 잠시 접어두고
자연에 흡수되어
바람에 흔들리는 들풀처럼
아무런 조건도 이유도 없이
마음 가는 대로 홀가분하게
서로를 생각할 수 있는 여유로
사랑하며 그렇게 살고 싶어요

나의 초로가 고독하지 않게
든든한 둥지가 되어
분홍 무지갯빛 동산으로 채색해줘요
당신의 기로가 외롭지 않게
언제나 곁에 머물며
지지 않는 한 송이 꽃이 될게요.

연리지

거리를 좁혀주는 배려가 돋보였기에
편하게 기댈 수 있었을 거야
허공을 딛고 서 있는 듯 흔들릴 때
믿지 않았다며 손을 잡을 수 있었을까

절실하게 온기가 그리웠는지
오롯이 전해오는 그대의 심장 소리
바짝 기울여 보고 알았어
이제 떨어질 수 없음이야
허공을 칼로 베는 바람도
갈라놓을 수가 없었지

푸른 꿈 꾸며 시작된 사랑
싱그러운 풀잎 이슬 만지며
활주로를 누빈다
어느덧 중턱을 기웃거리는
노을빛에 씻겨온 듯 불그스레 웃는다.

비익조

당신 없는 삶 한 번도 생각해 본 적 없어요
한없이 받기만 한 사랑
가슴은 기억하고 있어요
항상 편안하기만 한 당신인걸요

아름다운 인생길 걷는 것도
한 편의 詩를 쓰는 것도
행복한 순간순간도
당신으로 인해 만들어져 간다는 것을 알아주세요

혼자서는 아무것도 할 수 없는
비익조란 걸 기억해 줘요
종착역 하차할 때까지 손 놓지 말고
여생 옆에서 지켜주세요

그 무엇과도 바꿀 수 없는 존재로
곁에 있음에 감사하며 살아갈 테요
당신은 비익조 같은
소중한 인연이란 걸 잊지 마세요.

제목 : 비익조
시낭송 : 박영애
스마트폰으로 QR 코드를 스캔해
시낭송을 감상할 수 있습니다

22

소중한 당신

당신은 내게 보석 같은 선물입니다

마음이 따뜻한 당신
배려가 우선인 당신
내겐 더없이 소중한 사람입니다

변함없는 마음
한결같이 세심한 손결
참 고마운 당신입니다

걱정하지 말라는 듯 늘 웃어 주는 당신
그런 당신 곁은
언제나 포근한 봄날입니다

당신으로 조그마한 내 심장은
풍성처럼 부풀어 나비처럼 나풀거립니다

참 고마운 당신으로 물든
분홍빛 무지개 위를 걸어가는
내 심장은 영원한 행복입니다.

화양연화

꽃으로 위장하고 길섶에 선 인생
평온하고 아름다운 세상인 줄 알았는데
발길 닿는 곳마다 어려운 문제 풀 듯
고심의 시간을 보내야 했다

곳곳에 함정이 있었다
믿고 의지한 모든 것 수시로 변덕스럽게 다가와
초점 맞추기에 심혼을 기울이며
늘 긴장의 끈을 조이며 걸어야 했다.

봄날은 잠시
낙화하고 다시 꽃으로 올 때까지
구름의 그림자가 길게 느껴지는 건
아마도 녹록지 않았던 걸 내포되어 있었음이야

퇴직 후 적응 기간이 조금 걸리긴 했지만
새로운 세상이 눈앞에 놓여 있고
하루하루 걷는 길 마음에 핀 꽃으로 평화가 찾아왔다

지금이 인생의 화양연화다.

제목 : 화양연화
시낭송 : 박영애
스마트폰으로 QR 코드를 스캔하면
시낭송을 감상할 수 있습니다

지금이 좋다

시샘하던 쇠 바람에 맥없이
낙화하는 하얀 손수건
말없이 춘삼월을 배웅한다
한 겹 또 한 겹 묵은 체중 들어낸
들꽃의 헤픈 웃음 속에서 순수를 찾을 때
청명한 하늘빛에 공허했던
마음이 물들어간다

긴 기다림의 갈증을 해갈한 듯
연녹색 싱그러운 사월이 야들야들 말캉이며
앞다투어 수놓던
꽃들의 향기 허공에 하늘거리는
무어라 형언할 수 없는 야릇한 향수에 젖어
어느새 아기 천사가 된다

푸른 물결이 파도처럼 춤추고
코끝을 스치는 보랏빛 향기가
어느새 가슴으로 스며들어
잠시 묻어 두었던 옛정이 꿈틀인다
붉고 푸른 조화가 좋다
완성미 넘치는 연인 같은
그런 설렘이 좋다.

고향 언덕배기에 핀 그리움

꽃가마가 나붓나붓 봄볕 밟고 가던 길
하얀 찔레꽃 초연하게 피었다가 허무한 낙화가 섧다
두부처럼 말캉이던 이름은 산산이 흩어지고
딱딱한 돌덩이만 가슴을 짓누른다
산허리에 앉은 핏발선 눈빛 실바람에
잎새처럼 애잔하게 흔들린다

봉곳 솟은 젖무덤에 겹겹이 쌓여가는 것을
그리움이라 말하지만
현실은 목을 죄는 고통이다
잊을 수 없는 생각들이
모래성 무너지듯 손가락 사이로
흐무러져 내리고
초라해지는 모습 앞에 햇살이 자분거린다

그토록 깊던 정 강물 따라 걸어갈 때
가시 돋친 것처럼 갈라진 울음소리 처절했고
아픔을 긁던 손톱 지문마저 지워낸다
산허리 두른 광폭 자락 진흙 씻어내니
핏자국만 선명하다

구절초 하얀 눈물 멍울지던 그날
헝클어진 잔디 위에 날개 접은 다섯 나비
천하를 잃은 듯 묵언한다
다정한 울림에 눈가 얼룩 닦아내며
옛이야기 꽃이 필 때
고향 언저리에 그리움이 자박자박 걸어온다.

향수

마음을 찾을 수 없는 분주한 하루
노을빛에 쉬어가는 저녁이면
낯익은 소리가 들린다
음계 없이 악보를 두드리는
정겹던 도마 소리가 그렇다
도란도란 사람 소리가 그렇다
따닥따닥 다투는 수저 소리가 그렇다

노을빛이 마음속 잔잔히 배회하는 해 질 녘
익숙한 향기가 그렇다
항아리에서 익어가는 어머니 손맛이 그렇다
거울같이 맑은 장물 속 아롱이는 옛정이 그렇다
보글보글 속닥이며 익어가는 항아리 속 정이 그렇다

초막 위에 하얀 박꽃이 은은한 달빛 마시고
희망의 하얀 웃음을 게워내던 밤
별빛이 우리들 마음 사이사이 헤집는 그곳이
자궁처럼 아늑한 정이 살아 숨 쉬는 고향이 그렇다
이슬 맞아 처연한 구절초 하얀 미소 같은
어머니 사랑이 그렇다.

그리움 남겨진 곳

사선을 사이에 두고 처절하게 몸부림치던 곳
지금은 나목만 오도카니 서서
꽁꽁 얼어붙은 호수를 물끄러미 바라볼 뿐
터전 잃은 철새 갈 곳 없어
삭풍에 초연하게 흔들린다

미소가 사그라지고 향기조차 없어진
구절초 꽃잎 위에 하얀 눈꽃이
소금꽃 피듯 막바지 빛을 내어보는 듯하지만
그 향기는 느낌조차 없고
알싸한 바람만 스친다

눈앞에 아롱거리는 무엇인가가
뿌옇게 흐려졌다가
뜨거운 것으로 스치고 지나가더니
아무것도 보이지 않는 깊은 동굴처럼
어둠 속으로 묻힌다

다시 또
구절초가 피어나면
내 가슴에 묻힌 뼈저린 사연들
호수의 물안개 사라지듯
흔적 없이 망각될는지.

사랑이 떠나갈 때

그때가 아마 봄이었을 거야
핏빛으로 달려가는 강물이 보였으니까
곱다시 여인은 돛단배에 올랐어
꽃잎은 급물살에 얼마나 아등바등했을까
아마도 신발은 챙길 여유조차 없었겠지
묵언의 세월이 흐른 뒤
다시 또 봄이 오면
깊이를 알 수 없는
강물은 조용하고 근엄했을 터

기다려지던 봄
다시 꽃은 피겠지만
꽃잎은 살얼음처럼 냉정했어
싸늘해진 가슴 붉은 심장이면 얼마나 좋을까
마음 졸이던 시간이 지나고
세월의 물결에 유수같이 피어나는
하얀 그리움으로 다가올 줄
꿈에서도 생각 못 했어

아쉬움에 끝내 목놓아 통곡했겠지.

회환

뜨거운 볕이 슬그머니 립스틱을 닦아낼 때
싸늘하던 두 뺨을 뜨겁게 달구어
한 줌의 재가 되고
갈증 가해지는 무게에 어깨가 눌린다

한 단계씩 내려놓은 자존감
비워내는 고통을 오롯이 홀로 삭이며
사립문 삐걱거리는 소리 듣고 서서
밤하늘 뭇별에 소식 들으며 갈 길 재촉한다

주검을 무릅쓴 절박한 심정도
이제는 잊어야 하기에 멍울로 맺힌 선혈
밤마다 이슬로 씻어내며
말갛게 웃는 비련의 주인공

보드랍던 손결은 어디로 갔는지
흐르는 강물에 넌지시 던지는
질문의 답은 무언이다
노을이 내려앉을 때 회심의 미소만 여울진다.

그리운 바닷소리

가만히 귀 기울이며 엄마 소리가 들린다
엄마 손은 참 따뜻했고 행복했는데
이제는 알싸한 시림이다
자궁같이 품어주다 어느 바람 부는 날
풀 한 포기 없는 자갈밭에 나를 놓아버린다
어찌하라고
나는 발가벗은 채 방향 잃고 헤매다
산골 예스러운 담장 위에 고깔 되어 눌러앉아
미동조차 할 수 없었다
시간이 흐를수록 그리움이 짙어
촉수를 세워 더듬기 시작했다
북쪽 하늘에서 별똥별이 떨어진다
엄마가 사랑을 흘린 게 분명할 거야
만삭된 보름달이 사위어갈 때
어디선가 익숙한 소리가 들리는 듯했지만
바람만 휘감고 지나간다
희미한 동살에 따라온 이슬의 맛은 밋밋하고 낯설다
수정 빛은 사그라지고 사방이 캄캄하다
바다는 없고 억수 같은 비가 내리고
나는 이미 홍수다

폭포처럼 쏟아지는 빗소리
어디선가 들어본 듯 익숙한 소리다
너무도 그립던 엄마의 몽상
엄마! 엄마! 엄마!

절연

꽃길 따라 나붓나붓 걸으시는 임이시여
곱다시 분홍 물결 지르밟듯 건너시네
찔레꽃 하얗게 헤살 거리면 생각나서 어쩌나요
낮은 곳에 들꽃 피면 보고파서 어쩌나요
임의 향기 스치면 그리워서 어쩌나요

보랏빛 제비꽃 그곳에도 피었나요
은은하게 번지는 봄 내음 그곳에도 실어 오나요
그 어느 것도 변한 게 없는데
사선 긋듯 그리 쉽게 선걸음 하셨나요
사랑 임 사랑 임
이별의 쓴잔은 나만의 것인가요

눈부신 봄날
잔설 위에 두견화 붉은 눈물 툭툭 밟고 갈 때
하얀 찔레 향 진하게 배어나면
하늘은 허탈해서 어찌하나요
그 누구도 쓸어줄 수 없는 얼룩진 흔적 지우며
허상만 바라보니 어찌하나요

고이 밟던 그 꽃길 낙엽 덮여 못 찾으시나요
정녕 낙원이 좋아 이곳을 잊으셨나요
한없이 주기만 하던 천륜이란 인연
그 끈을 왜 놓아 버리셨나요
임이시여 임이시여 사랑하는 임이시여.

제목 : 절연
시낭송 : 박영애
스마트폰으로 QR 코드를 스캔하면
시낭송을 감상할 수 있습니다

34

달이 뜨면 피는 꽃

싸늘한 달빛 가슴에 안고 허망한 벌판에 섰다
노을빛이 부서진 노란 강 건너가는 당신
멀뚱멀뚱 바라보며 먼발치서 발만 구르는
안타까움 뿌리치고
말없이 돌아서는 사랑이 야속하다

산천을 훑고 온 냉기 양야에 묻히고
살포시 뜬 눈으로 먼 곳에 당신 그리며
선걸음에 달려오려나 빗장 풀어두고
오매불망 기다리는 젖은 눈망울로 사랑 앞에 섰다

깊어 가는 그리움 참았던 만큼
쉼 없이 치켜든 하얀 목선은 달빛에 스치고
한숨처럼 쌓여가는 속정 비워내지 못하고
끝내 두고 간 연정에 멍하니 하늘만 본다

막연한 기대는 처연한 슬픔을 남기고
밤마다 흘리는 진주 같은 이슬도
마음을 씻어내지 못하고
동살이 가만가만 속삭여줄 때
가득 고인 수심 품고 고개 숙인다.

망각되지 않는 것

기억에서 지워지지 않는 것이 있다
염습 끝난 어머니 앞에서
오열은 머릿속에 갇힌 듯 영원하다
청정수로 목욕하고 곱게 분칠한 모습은
갓 피어난 꽃송이처럼 맑고 순수했다
금수로 한 올 한 올 쌓아 올린
왕비의 염습처럼 화려한 치장으로
떠날 채비 마친 어머니는 미소를 보였고
우리는 혈을 게워 내고 시커먼 멍울을 만들었다
어머니 집 테두리에 꽃을 심고
향기가 빠져나가지 못하도록 문을 닫았다
문이 닫히는 그 순간
다시 열리지 않을 것을 알기에
필사적으로 밀어보지만, 그 문은 자동인 듯 닫혔다
하늘은 노랗게 변했고
아무것도 보이지 않았다
굳게 닫힌 저 문만 열면 꽃이 피고
향기가 새어 날 텐데
다시는 열리지 않은 채
여생 그곳이 편하다시던
고향 산천으로 떠나셨다

산산이 흩어져 피박 골에 영면하실 때
말간 하늘빛은 잊었다고 웃는데
못다 마른 눈물 뽀얀 소금꽃으로 피어
영원히 지워지지 않는다.

구절초 사랑

노란 우물 깊은 곳에 꿈을 심고
가는 허리 옥색 치마폭으로 감싸며
산자락 양지 녘에 반듯한 테두리 속에서
하얀 웃음 짓는 선녀 같은 모습으로
정착해 둥지를 틀었다

그곳은 겉보기와 다르게 거친 들판이었다
비릿한 젖내가 나는가 하면
매서운 바람 불어와 중심을 흩트리고
소나기 같은 서러움에 흠뻑 젖기도 했다
낙뢰가 치며 두려움과 맞서야 했지만
본능적으로 일어나 희생을 감내했다

고비고비 아홉 고비 넘기며
치맛자락은 이슬에 젖고 적삼은 찌들었다
정화수로 닦은 마음 아픔만 더했다
그윽한 달빛에 속내를 내비치며
향수에 젖어 눈물 훔치던 밤은 흩어지고
멀거니 동이 트면 자궁으로 돌아갈 채비를 한다

마른 꽃잎은 지면서도

흔들리는 기둥을 바로 세워

한 겹 한 겹 광포 여미며

좁혀오는 먹구름을 제치고

에메랄드빛 하늘 향해 미소 지으며

실바람에 흔들리는 여린 새싹 쓰다듬는

이성에서 가장 경이롭고 숭고한 사랑이었다.

그리움

파삭한 잔디 밀어낸 산 딸 꽃
봄볕에 말랑거리는 하오
하얀 이팝 꽃에서
당신의 온화한 미소를 보며
허한 기류가 자라난다

쉴 새 없이 가슴을 두들기는 무지의 기억을
잔디 자르듯 싹둑 잘라낼 수 없어
혼탁하게 뒤흔들린다

빗장 걸려 풀 수 없는 연결고리
비밀번호 찾듯 허공을 헤매는 마음
말없이 떠도는 저 구름은 알아줄까
하오는 조용히 걸어가고 낙조가 내려앉는다.

여백

서릿발 걷어낸 거실 창에 봄 그리며
존재감을 드러낼 때
비로소 볕을 만지는 눈빛
날마다 커가는 봄을 보며
안도의 숨을 내쉬지는 않았을까

한 곳만 주시하던 흐릿한 눈빛으로
나목이 우두커니 서면
봄을 흔들어 깨워야 했고
꽃이 문드러지면 눈시울 붉히며
또 명년은 어떤 모습으로 올까
많이도 그리웠을 창밖의 세상

진자리 걷어낸 공간 연초록 물감 부어
첫선 그릴 때
명치끝을 치는 망치질은
그칠 줄 모르고 힘을 더해
뚫린 구멍 얼음으로 채운다

그토록 기다리던 봄이 완성되어
여백에 볕의 그림자가 누워
쌓인 먼지 닦지만
지금, 이 공간은 싸늘한 그리움뿐이다.

할미꽃

언덕 넘어 아련한 곳
계곡 따라 내려오는 남풍이
당신의 향기인가요

잔디 결 따라 곱게 걸으시는
다홍빛 수줍음이 당신의 미소인가요

그토록 보고 싶은 마음 말하지 못하고
한없이 기다리고만 있나요

그리움에 지쳐 숙연해진 모습
봄눈 녹듯 사르르 풀어놓으신
아픈 웃음에 시리기만 해요

따뜻한 봄날 곧 돌아오겠지요
그때 뒹굴며 재롱 피워 볼게요.

홍시

가시덤불 얼기설기 엮여 거칠어진 뜰 안
허리까지 차오른 가시풀 속에
오도카니 선 내 엄니

아픔이 도드라져 불어 터져 옹이 된 가슴에
붉은 펜으로 점 하나 그린다

연신 들락거리는 까치 속마음을 모르는지
가져올 소식은커녕 심장만 뜯어 물고 간다

까치가 날아간 북쪽 하늘
별똥별이 떨어진다.

못다 한 사랑

징검다리 건너듯 껑충거리며
구절초 향기 따라 뚜벅이는 구두 굽에
진주 이슬 내려앉는다

봄바람에 따라나선 꽃신 그리워
날마다 뚜벅이며 새벽이슬 마시나 보다

가을볕에 태워버린 노란 들국화
짙은 냄새에 묻혀 잊어버린 향기 쫓아 다다른 곳

곱게 누운 잔디 결에
젖꼭지같이 봉곳이 솟아나는 그리움 하나
아마도 어머니가 아닐까?

거목

장맛비가 잠시 본업을 상실했을 때
고향 하늘 아래 푸름이 더욱 짙게 드리운다
하루해가 처진 어깨를 오르락내리락
버거운 걸음걸이에 지쳐 허물어지는 정오

가느다란 한숨을 힘들게 내뱉는 소리
거목의 꿈은 투박한 사발에 막걸리를 따른다
순간 가슴 저미는 뜨거운 것이
낭떠러지로 쿵 떨어진다

화마가 스친 듯 붉은 반점이 선명한 홍엽으로
절망의 끝자락을 딛고 선 걸음
절대 무너지지 않는 묵직한 세월의 무게

터널 끝자락 주시하던 푸른 눈빛
마중물에 씻어내는 억겁의 설움을 삼킨
조용한 해탈의 미소를 보며
뭉개진 가슴을 쓸어 올린다

기웃기웃 저무는 황혼의 낙조
나직한 생각의 끝을 잘라내며
또 하루가 저문다.

사랑 그 깊이

못 박힌 마디처럼 삐걱대는 거목
자존감은 하늘인데
투박하게 쓰다듬는 손길은
한낮 태양보다 따뜻합니다
잔잔한 나이테 아흔하고도 하나를 품은 가슴이지만
사랑은 언덕 위에 노송처럼 변함이 없습니다

연리지처럼 함께 했던 반쪽 내려놓을 때
찢어지는 고통이 왜 없었겠는가
하지만 상처 난 가지 덧날까
밤새 심장은 몇 번이나 가다 서다 했을 겁니다
그 순간마저도 울 수 없었던 거목은
이별이 아닌 다시 사랑이라 하십니다

삶의 언저리 얕은 냇물처럼 걸림돌이 왜 없었겠는가
멈추면 끝이기에
깊은 강물처럼 잔잔한 울림으로 평정을 찾아 서리라
마디마디 아픔을 쓸어내며
지난 기억의 편린들이 빛바래어도
우직한 마음 한결같습니다

노목은 바람에 흔들리지 않는

수심 깊은 우물 같아서

그 속에 아무도 모를 열화로

가지마다 물꼬 트이듯 열어줍니다

그래도 못다 준 것에 후회하시는

가히 아버지의 사랑은

깊이를 잴 수 없는 바다입니다.

제목 : 사랑 그 깊이
시낭송 : 박영애
스마트폰으로 QR 코드를 스캔하면
시낭송을 감상할 수 있습니다

골 깊은 바다의 미소를 보았습니다

치아를 가지런히 드러내고
춤추는 파도
팽팽하던 어깨 억겁 년 눌어붙은
소금 바위에 걸쳐놓고
비릿한 바닷물에 묻어온 갖가지 편린
갯바위에 비벼 윤슬처럼 빛나는 조각품을
해풍은 말끔히 닦아줍니다

잔잔한 나이테 간간이 배어나는
잔물결에 해탈을 보며
하나씩 내려놓은 누름돌로 줄어든 무게
파도 위 가만사쁜 걸어가고
밀물처럼 밀려드는 고단한 날개 접으며
노을 끝자락 마침표 찍어봅니다

과연 아버지는 우행시를 위한
연극을 어떻게 보았을까?

낡은 기둥

구순이란 숫자는 나무토막처럼 뻣뻣하고
겹친 나이테처럼 골이 깊다.

한단 한단 딛고서던 계단도 허물고
낮은 문지방도 허물었다

한결같던 곧은축도 포기해야만 했고
밥그릇이 작아지고
술잔의 크기도 줄어들었다

넓은 가슴은 처진 어깨에 묻혔고
태산처럼 크시던 몸짓
콩알처럼 줄어들어도
오로지 내 편인 사람

한없이 포근하고
온화하고 꼿꼿한 믿음으로
살아가면서 기댈 수 있는 오직 한 사람

돌아보면 언제나 그 자리서
덤덤하게 바라보던 아버지
힘들 때 힘을 덜어주는
깊은 사랑이었다.

등대

노을이 산마루에 걸렸을 때
출렁이며 내려앉는 가슴
풍랑이 밀려올 때 빨려 들어갈 듯한
두려움도 있었지
미래를 꿈꾸며 버텨온
지난날 회상에 잠긴다

둥지 찾아 하나하나 떠나간
자리 무심하게 바라보며
수심 없이 나는 갈매기처럼 훨훨 어디론가
떠나고 싶을 때도 있었겠지!
사위어지는 달빛을 잠재울 때
외롭지는 않았을까

허물어지고 넘어져도 꿋꿋이 일어서는
거듭된 연습으로 조금은 무뎌진 건지
변화무상했던 시간은 멈추는 걸 잊은 채
신호등이 없어 오로지 직진으로 향한다

지옥 같은 두려움이 사그라지고
태양이 웃음 지으며
검버섯을 드러낸 기둥
깊은 안도의 한숨을 내뱉는다
세상에서 가장 빛나는
자유를 품에 안고서.

무심한 세월

세월이 그려낸 나이테 겹겹이 흔적을 남겨 놓고서
사방팔방 조여 있는 끈이 느슨해지고
검은 머리 하얀 서리 맞고서 올가미가 풀렸다

억압된 시침보다 초침만큼 남은 시간
무엇으로 충족하게 할 수 있을까
허물어진 살결 붙일 수 있다면
마디마디 꺾임을 연결할 수 있다며
로봇같이 삐걱거리는 모습은 않을 텐데

어머니로 억압된 세월 떨어내려 나선 걸음
고민은 더 이상 있을 수 없어
지나간 세월보다 남은 시간이 최선이기에
어쩌면 다시없을 기회가 될지도 모르니까

한때는 사발이던 술잔이
종지기처럼 작아진 잔에
술을 따르니 잔잔하게 떨림이 전해온다
설렘일까 울림일까
늦었다는 속박에 구속된 마음일까!

느낌이 좋다

가만히 귀 기울이며 들리는 소리가 있다
뽀스락뽀스락
그건 겨울이 도망가는 소리다

묵혀 있던 두꺼운 옷을 벗고
싱그럽고 풋풋한 푸른 옷을 꺼내는
그런 날이 가까워지고 있음이야

곧 매화 향기가 뜰 안에 퍼지고
하얀 꽃비가 흩날리는 봄
생각만으로도 충분한 행복

심장이 조곤조곤 붉어지고
목덜미로 타고 오른다
어쩌나
첫선 본 느낌 같은 것!

게발선인장

삭풍이 휘몰아쳐 창문에 빗장을 걸었어요

빗장 풀고 자분자분 걸어온
한 줌 햇살이 어깨를 시소 타듯 흔들어요

어쩌라고 어쩌라고
참았던 웃음이 배시시 흘러나와요

솜사탕처럼 부드러운 당신에게 녹았나 봐요

오늘은 한 아름 볕을
툭 내려놓네요

아직은 때가 아니다 부인하지만
동쪽에서 남쪽에서
쓰다듬는 손결에 얼굴이 붉어져요

손톱만큼 핏자국이 생기더니
거품처럼 부풀어지기 시작했어요

축복이라도 하듯 눈꽃 같은
설중매가 산들산들 춤춰요
하얀 꽃잎 위에 선혈 자국이 찍혔어요

겨울에 태어났지만, 무지개다리 위에
분홍 물결 넘실거려요

오늘이 갑년 되는 날이거든요.

가슴앓이 사랑

유난히 아름다운 빛이 보이던 날
떨어진 꽃잎
그 위를 걷고 있다
음률은 없어도 심금을 울려 줄
가을 길을 쓸쓸히 걷고 있다.

익숙한 향기에 얼굴을 묻어본다
그 속에 당신의 향기가 느껴진다
감은 눈 깜박이면 홀연히 사라질 것 같아
그대로 멈춰진 시간 아쉬움만 맴돌고 있다

이제 맞닿았다고 믿던 그때
휙 스치며 바람같이 사라지는 것이 있다
뒤돌아서 도망치듯 빠져나가
다시 보이지 않았고 혹독한 삭풍만 곁에 서성인다

이후 무너진 가슴이 되었고
닿을 수 없는 행간에
놓인 사랑이 되었다
아프게 더 아프게 다가선 겨울은 끝나지 않고 있다.

장미의 꿈은 멈추지 않는다

네가 가버린 날 기억에 없지만
꽃으로 아름답게 살아가야 할
의무를 저버릴 수 없어
눈물 자국 찍어가며 버텨낸 날들
어제같이 생생하다

다시는 일어설 수 없다는 생각 압도할 때도
가시로 아픈 삶이지만 내려놓을 수 없었고
때가 되면 일어나 걸어갈 것을
본능으로 알고 있었다

다시 봄바람이 담장을 넘어오지 않는다 해도
나비의 걸음이 끊어진다 해도
담장 위에 곱게 수놓는 꿈은 멈출 수 없다.

씨감자

어디선가 희미하게 봄이다. 외침에
어둠 속에서 포슬포슬 부풀어지는
꿈을 꾸게 되었지
눈만 뜨면 꽃 천지 별천지가 있을 것만 같았기에

얼마만큼의 시간이 흐른 뒤
싸여진 어둠 속에서 미세한 움직임이 보였지
동굴 속 같기만 했는데
존재를 알리려 박스를 긁어보았지

조금 참아달란 부탁도 못 들은 척
성급한 걸음에 꽃샘에게 혼쭐나기도 하고
때론 심술궂은 삭풍이 할퀴기도 하던 걸
포근하게 스며들 봄빛의 기미가 보이질 않았어

그러던 어느 날 거짓말처럼
완연한 봄이 온 거야
연일 뿌린 생명수에 꿈결같이 걸어왔어
포럼한 물결로 한들거리며
알알이 맺힐 희망에 웃음꽃이 빵빵 터졌지.

소리 없는 외침

세상의 시끄러운 소리에 묻혀
너의 외침 듣지 못했다
대지의 요란한 하품 소리도
나목 가지 끝에 힘주며 기지개 켜는 모습도
먼 곳에서 머리 위에 툭툭 던지는 볕의 소리도

길목에 서성이는 바람의 미흡함으로
싸늘하게 변해버린 시선인가
오랜 시간 외면했던 시간 때문인가
한 번도 성공하지 못한 어려운 문제 풀듯
한 가닥 한 가닥 늘어진 손길이 바쁘다

매몰차게 휩쓸던 삭풍이 떠나던 날
한 줌 볕 봉오리에 앉아 놀 때
연분홍 치맛자락 바람에 벗겨지고
설렘 한아름 가슴에 안겨 속살거렸지
유리처럼 맑은 이슬 없어도
상사화 포럼 한 옷깃 살포시 풀어 헤치는 봄이다.

사월 어느 휴일

장미가 담장을 밟고 봄을 데려오면
나비들의 떼춤에
바람마저 시샘하는 꼬리를 잘라내고
봄볕에 앉아 살랑이며 피어오른다.

아지랑이로 흩어졌다 모으길 반복하더니
여백을 메꾸어 놓은 봄
이름 모를 새들 건반 위를 밟고 지나가는
천상의 하모니다

경이로운 화폭에 압도당한 휴일
꿈이면 어쩌나
눈 뜨며 사라질까
아쉬움에 걸음을 멈출 수 없다.

벚꽃잎이 가만사뿐 발밑에 앉을 때
이별이 흐느끼는 소리가 휑하니 지나간다
어둑어둑 휴일이 저문다.

봄

처음 네가 왔을 때 관심 없었어
숨 막힐 것 같이 다다랐을 때 슬쩍 스쳐 지나가는
너를 보고 말았어
분홍빛으로 노란빛으로 멍울이 아프더라

한 걸음 한 걸음 옮길 때
따랐을 고충 생각하지 않았어
포기할까 기다릴까 망설이는 날들이 많았어
올 것 같기도 아니 올 것 같기도
갈팡질팡하는 너를 보았거든

어느 날 갑자기 훅 들어온 너를
나는 봄이라 생각해!

참마리꽃

피부에 닿는 찬 기운
아직은 때가 아님을 말해주었지
사위어진 달빛처럼 희미한 곳에
가는 빛줄기 점점 커지는 것이 보였어

익숙한 숨결 스쳐 지나가기에
한 뼘 쑥 고개 내밀었어
나 닮은 별과
푸른 옷 가림 하기 바쁜 나목으로
천지가 푸름 위에
반짝이는 별 밭이었지

혼자 두려웠을 심장을 토닥이며
내 곁에 머물려는
너를 보며 수줍어서
하얀 웃음 뚝뚝 흘렸지
적막이 때론 좋다고 혼자 중얼거리면서.

봄이란다

비가 내린다고 봄도 따라오나 봐
빗방울 한차례 지나가고 난 뒤
알싸한 바람이 불어오더니
컹컹대는 기침 소리 담장 밖에 서 있었어

아픔의 꼬리를 잘라내고 새살 채우기에
온 힘을 쏟았는지 축 처져버린 빈 가지
펌프질에 바쁜 심장 소리가 들녘을 들썩였지

제법 몸집이 커진
봄바람에 아장이며 걷는 개나리꽃
굴속이 답답했던 개구리 꽃샘의 두려움도 모르고
수정 같은 빗물에 성큼이는 걸음이 보였어

마른 가지 수액 마신 것처럼 생기가 돌아나고
들꽃이 파스텔 뒤집어쓴 듯 화사하게 피어 있는
나른한 언덕 연분홍 치맛자락 나뭇가지에 걸어 놓고
아지랑이 따라 길을 나섰지!

웃는 봄

따뜻한 손길이 훑고 지나간 뒤
굳었던 혈이 돌고 생명력이 생겼지
거리에 나갈 채비를 마치고
푸른 옷으로 붉은 치맛자락 흔들 수 있는
세상이 온 거야

오늘은 두견화처럼 붉게 분칠하고
내일은 수선화처럼 노란 옷을 입어야지
봄 처녀처럼 나붓거리며 산으로 들로 마중물 해야지
삼월은 꿈처럼 아늑한 엄마 품속이겠지

남쪽에서 살랑이는 속삭임은
첫사랑처럼 달콤하겠지!

누망(縷望)

혹독한 시샘과 견디기 힘든 고초가 가로막아도
자존감을 내려놓지 않는다
꽃이기에 슬퍼도 울지 않는다

굶주린 사마귀 떼들 굴리는 눈알에
고운 모습이 할퀴지 않게
겉싸개로 감싸고
너는 꽃이지만 아직은 배냇짓이다

벌레 뜯고 간 자국 남아도 괜찮아
모진 세월 훑어간 자국 남아도 괜찮아
너는 소중하기에 가장 볕이 잘 드는 곳에서
꿈을 꾸고 있는 거야

힘든 고통과 깊은 시련들
훗날 값으로 매길 수 없는 보석처럼
아무도 탐할 수 없는 진귀한 보물인 게야

머지않아 따스한 볕이 스며들 거야
그때 너는 꽃이니까
겉싸개를 훌훌 벗고 분홍 꽃잎
한 겹 한 겹 펼치며
활짝 피어보려무나!

태의 고향

구멍 뚫린 낡은 기둥 서 있기도 버거운 듯
난간에 몸을 기댄다
따사로운 창가에 피어난 향기롭던 꽃들
연두 주황 베어 물고 이슬 따라 사라져 간다

들새 울음에 하얀 슈즈 발레리나가
부드러운 곡선 그리며
스쳐 가는 바람의 구애에 휘감기던
불타오르는 정열의 몸짓 사라진 자리
팔다리 부러진 감나무만 덩그러니 서 있다

싸늘하게 식어가는 커피잔은
창밖에 못 박아 놓은 듯 멍하니 바라보다
한점 이슬 같은 눈물 훔쳐내고
하얗게 부서지는 건초처럼
가을 뜨락을 거닌다.

주말농장

청량한 맑은 공기 공존하는 산골 텃밭
그대와 자적하여 피워낸 사랑
푸성귀에 흰밥의 웃음 가지런히 놓는다

자연이 내어 주는 것에 순응하며
올해도 참 많은 시간을 함께한 농장
어느새 가을이란 문턱에 서서 보는 결실

노란빛 붉은빛 제각각인 알곡에 묻은 땀방울
짠 내 나는 소매로
쓱싹 훔치고 행복을 먹는다.

별 바람 언덕

힘차게 돌아가던 수레바퀴가
멈추고 가을하늘을 본다

잠시 쉬어가는 구름 한 점 사이로
티 없이 맑은 동심이 흐른다

언덕 위 갈대 춤추며 노래하고 있는
감악산 꼭짓점 포근한 바람이 인다

하얀 풍차 사이로 내딛는 발걸음 앞에
수레국화 보랏빛 향기에 가슴이 설렌다.

마지막 잎새

간밤에 무슨 일이 있었는지
갈바람은 알고 있지만 시치미를 뚝 뗀다

미련이 많아 잡은 손 뿌리치지 않았다고
조용히 되뇌는 핑계에 탄식이 뒤섞인다.

흔들리지 않을 만큼
단단한 사랑이라 믿었기에
힘이 풀리지 않는다고 생각했는데
바람에 흔들리고 비에 젖는 인생

순탄치 않아 얼룩진 삶
붉은 위장술로 숨겨보지만
가슴에 뚫린 구멍으로 바람이 스친다

어쩌다 공허한 허공에 떠다니기라도 하면
잡아끄는 힘에 의지한 채
억지웃음 한번 지어 본다

다시 봄이 오지 않는다 해도
슬퍼하지 않는다
편안하게 안아준 그대가 있어
여생 행복했기에.

가을이란

바람에 업혀 간 낙엽이
어느 날은 부러움의 대상이다

어디서 밀어를 속삭일 것 같은 그들이 궁금할 즘에
갈 볕 드는 창가에 식은 찻잔이 애잔하다

무엇을 갈망하는지 알 수 없는 저들 속에 나
서럽도록 말려드는 생각의 세포들은
일그러져 흩어지길 반복한다

가을은 나를 가두는 테두리를 두툼하게
더 촘촘하게 밀집해 탈출이 불가한가 보다

내게 가을은 지독한 고독이다.

가을 그리고 이별

연인들의 마음 닮은
다섯 손가락 별 단풍
훑는 갈 볕에 발그레 달아올라
사랑가 흥얼거리며 여행하는 행복한 가을이다

두근거리는 붉은 심장 손가락 사이를
사르르 빠져나가기 전
갈바람에 흔들리는 낙엽 같은
인연 되지 않도록 서로 믿으며
그 끝자락에 달린 아픔은 보지 않기로 했어

하지만 시샘하는 수많은 눈길
올가미처럼 엮어 덫을 놓아
행복을 잘라내고 아픔으로 채웠는지
뚝 뚝뚝 떨어지는 눈물

간밤에 당했던 사연 결코 부정하지만
속을 뒤집어 보지 않아도
촉촉이 젖어 실연당한 모습을 보니
이별이었나 보다

아름답던 인연
흐느끼며
쪽빛 하늘에 걸린다.

가을은 이런 건가 봅니다

시리도록 파란 하늘도
꼭짓점에 걸린 구름도
갈바람에 흔들리는 갈대에도
가슴이 시립니다

흐드러진 구절초도
짙은 향기 뿜어내는 들국화도
가을을 노래하는 코스모스에도
가슴이 아픕니다

거센 바람 이겨보려 매달린 나뭇잎도
볕에 달아오른 빨간 잎에도
떨어져 뒹구는 낙엽에도
가슴이 무너집니다

가을은 정녕 지독한 고독인가 봅니다
중년이란 이름이 그런가 봅니다.

가을처럼

가을은
흔히들 익어가는 계절이라고 한다

중년도 가을처럼 곱게 익어가면 좋을 텐데
변덕이 죽 끓듯 한다
어느 날은 쾌청한 가을날이었다
또 어느 날은 한여름의 소나기다
또 어느 날은 봄꽃 피듯 샤방샤방
또 어느 날은 시린 바람이 쌩하게 불어온다

마음먹은 대로 익어간다면
하얀 볼살 볼그스레 익어가는 사과처럼
인생도 가을처럼 탐스럽게 익어 갈 텐데….

슬픈 탱고

하늘엔 가을 그림이 한가득하다.
홍엽이 휠 밑에서 음계를 그릴 때
옥구슬 굴러가듯 경쾌한 리듬에
또각거린 때도 있었다

치맛자락 방향 잃고 휘감길 때
맞잡은 손 싸늘히 식어간다
악성 바이러스로 인한 고통으로
현실은 무게에 짓눌려 뚜벅뚜벅 둔탁하게 튕긴다

간혹 곱게 화장한 이성과 손을 잡아도 열정이 없다
삐거덕거리며 휘청이는 모습이
가을바람에 낙엽 같다.

푸른 청춘의 리듬은 더는 볼 수 없고
음계를 지워가는 가을
음률은 흐르지만, 휠에서 슬그머니 발을 빼낸다

이별의 계절 가을은 주인공 없는
쓸쓸한 무대 위에서 홀로 핀 꽃이다.

어느새 다가온 가을

억압된 긴 시간이 흐르고
자유로운 영혼으로 돌아와
가을걷이 끝난 들녘에 섰다

어디로 흘러가야 할지 갈피를 잡지 못하고
텅 비워진 이랑을 밟고서
흔들리는 갈대처럼 비틀거린다

구부러진 이랑 끄트머리에
미소 짓던 구절초
끝내 홀로 떠난 자리
약간의 온기가 남겨진 듯
익숙한 향기로 다가선다

엉뚱한 데로 향한 생각이 가을을 본다
아름답게 익어가는 홍엽처럼
노을빛으로 물들면 될 텐데
고독을 가을에 탓한다.

가을은 그렇습니다

푸른 꿈을 싸매고 끝없이 구애하던 갈바람
냉랭하게 돌아서고
엉성한 볕만 훑는 것이 가을입니다

빈 가지에 돌돌 말려 버티는
바싹 마른 낙엽 굴리며
그렇게 훌훌 떠나는 게 가을입니다

남겨질 외로움도
고독의 목마름도
아무것도 모른 척 회피하며
미련 없이 떠나는 게 가을입니다

돌림처럼 다가올 계절에 전가(轉嫁)하고
다시는 돌아오지 않을 것처럼
그렇게 떠나는 게 가을입니다.

가을

얕은 오솔길 따라
가만히 흐르는 연보랏빛 소국
가을 여인처럼 흔들린다

흔들리는 갈대 어깨에 살포시 걸터앉은 갈 볕
윤슬 되어 떠밀려 다니는 모습은

잔잔한 파도가 부드럽게 부서지는
백사장 모래 알갱이처럼 반짝인다

산국의 향기에 미세하게 떨리는 마음이 있고
그 길에 머무는 중년이 있다

벌레 자국으로 그린 낙엽 한 점
중년의 가슴인가 보다.

바람꽃의 눈물

어둠은 언제나 예고 없이 찾아오고
어둠이 걷히면 매일 같은 서릿발
태양의 걸음은 느림보로 찬 눈물을 쏟아낸다

다시 어둠 잦아들기 전
서릿발 걷어내고 젖은 옷 말리며
바삐 움직여야 하루를 살 수 있기에
조용히 할 일을 찾지 않았을까

거친 바람과 찬 기운이 동시에 온다
따뜻한 품속을 파고들 나이
판단력이 서지 않았을 텐데
모진 세월 꺾이지 않으려 버텨내던
시간은 헛되지 않았다

어둠은 조금씩 짧아지고
볕의 시간이 조금씩 조금씩 늘어질 때
줄기 따라 흐르던 눈물 소매로 훔치고
거울 속에 갇힌 얼음을 부수고
세상에 내가 온 걸 알렸던 거지!

마지막 잎새

삭풍을 둘둘 말아 네게 가는 길 막아보지만,
먼 길 돌아오다 부풀어져 쉽지만은 않았어
지켜내기 위한 몸살을 보이고서
군더더기처럼 달랑거렸어

산산조각 난 부서라기보다 위태롭지만,
내 편이라 믿고, 필사적이었지
언젠가 또 다른 인연으로 만날 수도 있지만
이게 최선이라 생각했어

네게 옷으로 행복 찾으며
작은 웃음 쫓아다니는 눈길이 간혹 보일 때
삭풍이 어깨너머서 매섭게 노려도
의지는 꺾이지 않았지

새로운 인연으로 대면할 때
겨울이란 계절도 무색할 만큼
사방에 늘린 햇살, 네 곁에 앉히고
노을빛처럼 붉게 필 사랑!

가을이 머물던 그곳

어디론가 훌쩍 가버린 너를 돌아오리란
믿음의 생각을 드러내지 못해
허한 마음 한구석에 앉혀 놓고
기다리고 있는지도 모르지

추억이 서린 그곳에 가면
오도카니 앉아 있을 상상을 하며
향기가 날아올 것만 같았어
바람이 불어오는 쪽으로 기울었을 거야

가던 길 멈추고 몇 번을 서성거려도
돌아가지 못한 이유는
그곳이 텅 비어 있으면 어쩌나?
상상이 깨어지면 어쩌나 하는
두려움이 있었던 것 같아

한 번쯤 돌아보고 그랬다면
이토록 아프지는 않았을 텐데
삭풍처럼 매섭게 다가서는 너를 보고
돌아서는 마음을 선택했을 거야!

고향 살살이꽃

흙냄새 진동하는 시골길은
늘 위험이 도사리고 있었다
뽀얀 먼지 일으키는 버스가 지나가며
그 흙먼지를 여러 번 마시며 하루를 보내곤 했다

바람의 심술도 짓궂게
풋풋한 소년 같은 손으로 쓱 훑고 지나간다
꺾이지 않으려 무던히 애쓰며
살아가는 법에 익숙해질 때
바다같이 푸른 길섶을 보았다

울퉁불퉁 시골길 같은 삶
꽃으로 웃을 수 있기까지
수없이 많은 고통의 날을 보내고
이슬에 씻고 말리고 다듬고 하는 사이
맑은 눈으로 분홍빛 하늘을 본다.

갈대가 꺾이지 않는 이유

바람의 결을 따라 흔들리며
바로 서는 법을 배웠고
그 곁을 떠나면 홀로 지탱하기란
어려움이 따른다는 걸 알았지
나약한 존재라 말하지 말라
의지해 본 자만이 아는 그 맛을

은빛 물결 살랑살랑 흔들리는 이랑 사이
옛 모습 둥실 떠오르며
귀를 열고 고개를 돌려보는 건
사그락사그락 부드럽게 부르는 소리가 있었다

그곳에 서 있는 그대와 나
아직도 식지 않는 따끈따끈한 온기가 돌고 있었다
누구의 방해에도 풀리지 않는 끈을 잡고
가을 길 언저리에 섰다

못다 한 가을 이야기 풀어놓으며
삭풍은 얼씬도 못 할 만큼 따뜻하다
나와 그대의 곁에 머무르는 갈바람
오늘도 불어오지만,
뿌리 깊은 기둥을 흔들리지 않는다.

단풍 이야기

가을볕이 나뭇잎 밟은 표식으로
중심 잃고 기우뚱거릴 때마다
조금씩 조금씩 가을이 타고 오른다

그 빛은 노랗게 샛노랗게
때로는 붉게 더 붉게 노을처럼 물들이더니
활화산처럼 터져 용암처럼 흘러내린다

푸르던 청춘의 옷은 누더기로 변하고
알록달록 핏기가 묻는 가을옷 사이
아직도 덜 익은 미숙함이 군데군데 보인다

함께 손잡고 떠나는
이별의 문턱에 서서 바라보는 노을빛
너나 나나 똑 닮은 빛을 보며
도란도란 속삭이며 서산길에 오른다.

바다에서 울고 있는 북소리

노량에는 꽃이 피는 꿈이 있었다
그 꿈이 채 이루어지기 전
혈을 쏟으며 떨어지는 꽃잎에
흔들리는 기둥이 있었다

바로 세우기 위한 몸부림은
진흙탕에 빠져 허우적거려야 하는
운명의 시간 숙명으로 여기고
긴 세월 물 위에 서야 했던 이유가 된다

행운의 여신은 언제나 남의 편에 서고
배신의 그림자가 비아냥거리는 혼선에
홀로 비틀거릴 수밖에 없었다.

바다에 뿌려진 노을빛이 핏빛으로 바뀌고
새날이 밝아오면 저승의 끈을 잡은 손결에
정의란 이름 새긴 하얀 깃발 휘날린다.

비련

방황 길을 질주하는 바퀴 멈추는 걸 잊어버렸는지
밤 낮없이 생각의 끝과 끝을 이어달리기한다.

약이 된다는 세월 걷고 또 걸어가도
약발이 떨어진 건지 무뎌진 건지
처음과 다를 바 없이 시린 가슴이다

스쳐 지나는 바람이 어깨를 토닥이며
이제 그만 아파하라고 말하지만
구멍 난 가슴 사이 빠른 통과로
애리 하게 스친 칼날에 베인 듯 시리다.

하얀 찔레꽃 저 언덕 위에서
인제 그만 잊으라는 손짓에
폭우처럼 쏟아지는 그리움
소복소복 눈처럼 쌓인다.

해오라기의 꿈

살포시 눈 떠 보니
검푸름이 보였어
아직 밤이란 걸 직감하고
때를 놓치지 않기 위한 몸부림이 시작된 거지

아무도 보지 않아
지금 비상 연습을 해야겠어
넘어져도 다시 일어나는 반복을 거듭하다가

어둠 속이라 갈기갈기 찢기는
상처투성이가 되겠지만
포기하지 않는 끈기 하나로 버텨내면서

아련한 별 밭이 곁에 다가서서
닮은 빛으로 속삭일 때
희미한 희망을 보고 날개를 접을 수 없었지

달빛이 닿아야 날 수 있기에
기둥 끝이라도 잡아보려는 해오라기 꽃.

꽃잎 지고 난 뒤

희미한 동 살이 저 너머서 온다
설쳤던 잠자리로 하룻길이 투박스럽기만 해도
언제 닿을지 모를 것에
집요하게 집착하는 끈기를 본다

한 송이 꽃을 피우기 위한
강한 의지를 시샘하는 이변이
길목마다 진을 치고 있어
가야 할 길은 멀기만 해도
끝자락에 또렷한 빛 따라간다.

하루가 살만하면 또 가로막는 불볕더위에
꽃잎 하나 뚝 떨어뜨리고
빛바래져 가는 추억이라 단정 지으며
아픔이 지나가길 기다려야 했었지

쉽지 않은 여정 여러 해 넘어가고
속속들이 파헤친 상처가 사라지고
아문 흔적조차 묻혀 갈 때
시든 꽃잎 위 노을빛이 훑는다.

꽃잎 지다

고통의 무거운 옷을 벗어버린 속살에
실오라기처럼 가벼운 명주옷 입고
미소 띤 모습으로 걸어가는 뒷모습

올망졸망 따라가는 슬픔을 못 본 척
뒤돌아보지 않고 갈 길 재촉하듯
한 잎 한 잎 땅으로 떨군 슬픔

어느 날 꿈속에서 걸어 나와
환하게 웃는 너를 보고
안도의 한숨을 뱉어내고
걱정을 덜어낼 수 있었다.

그곳이 편하다는 말 하지 않아도
느낌으로 알 수 있는 그런 미소
꽃잎은 떨어져도 너는 꽃이다.

중년이란

중년이란 무엇인가
한고비 넘을 때마다
가파른 오르막 오르듯 숨이 차오르는 것인가?

나이 탓은 아니겠지! 생각뿐
생체리듬이 망가지고
세월에 갉아 먹혀
구멍이 생긴 것처럼 헛헛하고 시리다

한때는 두려움이 없었는데
모든 것 다 해낼 수 있는
포부가 있었는데
지금은 심장이 쪼그라든 듯 숨차다

언제부턴가 마음의 그릇이 줄어들고
돌아만 봐도 현기증이 길을 막고
노란 민낯만이 웃고 있다.

사랑은 아프다

구절초 꽃잎에 눈물은 마를 날이 없어요
풀숲은 아무것도 모르는 것 같고
무슨 근심 걱정이 있는지
늘 촉촉이 젖어있는 서글픈 눈빛만 보였어요

곧 삭풍의 움직임이 있을 텐데
꽃잎이 얼어버리면 어쩌나
밤새 내리던 비는 그치고
새벽녘 스며드는 바람이 알싸하게 파고들어요

긴 겨울은 시작도 안 했는데
봄이 오려면 아직 멀었는데
구절초의 눈물을 닦아내는 봄볕은 저 먼 곳에 있는데
갈피를 잡지 못하고 갈대처럼 흔들려요

가을비는 설움 데리고 먼 길 떠나가고
수줍은 볕 긁어모아 젖무덤에 눕혀
갈 볕과 도란도란 속삭이는 꿈을 꾸어요.

회귀

어둠을 가르는 소쩍새 울음소리에
설레는 마음 감당하지 못해
그냥 걸어와 버린 아득한 길

인내하며 살아온 삶의 뒤안길에 서서
추억의 책갈피를 넘기며
깊이 박힌 향수에 젖는다

연분홍 꽃이 필 때 행복했던 순간을
노을빛이 내려오고서야
그립던 생각들을 꾹꾹 누른 누름돌을 들춰 본다.

그곳에는 아버지처럼 곧게 선 가로수가 있고
해맑게 씻고 나온 들꽃이 있고
다랑논과 밭이 힘겹게 놓여 있다

지금은 도심의 그림자가 기웃거리지만
행복한 웃음꽃이 피어나고
따뜻한 사랑이 공존하는
회귀한 가족애가 있다

단 한 번도 내려놓지 않은
잊을 수 없는 그곳으로 기웃거리는 노을빛
산허리에 걸려 지나온 그리운 고향 내려다본다.

낙엽이 가을 길을 걷는다

붉게 달구던 열기 밀어내고
하얀 서리로 몇 차례 씻은 나뭇잎
푸른 꿈을 내려놓고
가을 길을 걷는다

북적이던 버스를 타고
시골 장터같이 왁자지껄하던 공간을 벗어난 지금
한적한 골목을 누비고 있다

한 번쯤 그리워 뒤돌아볼 것도 같은데
빈 거리만 기웃거리며
어설프게 딛고 선 낙화한 꽃잎
앞만 보고 걷고 있다

낙엽은 슬픔을 감추려
하늘을 보다 흐느낀다
비어 가는 가지가 아팠다고
우겨볼 수 있어 다행이라 생각한다

허공을 가르는 바람을 타고 가도
더는 흔들리지 않을 수 있다
비틀거리는 기둥을 바로 세워
곱게 물든 가을 길을 걷는다.

그리움

뭇별 속에 넣어둔 별 하나
밤마다 창공을 뚫고 길을 걷는다
창가에 서성이는 이유도 분명하고
밤길 걷는 이유도 또렷하다.

찬 이슬 밟고 곱 세운 발가락 끝의 힘으로
담쟁이처럼 벽을 타고 올라
도화지 같은 여백에 그림을 그린다

미완성의 안타까움이 공존하고
진한 탄식과 깊은 한숨이 박혔지만
창틀 따라 흐르는 별빛의 미소를 본다

밤새 도란거려 창과의 거리가 좁아지고
새벽이 찾아들며
아쉬움에 공허로운 길을 따라나선다.

들꽃에게 쓰는 편지

녹색 세포가 꿈틀거리던 봄날
하얀 벽을 타고 오르는
담쟁이처럼 앞만 보고 달렸지!

꽃들의 반란
숲속의 무수히 수런거리는 소리
느낄 새도 없이
얕은 냇물처럼 멈춤은 꿈속에도 없었어

어느덧 다다른 2모작 문을 노크하며
살짝 행복한 고민도 했었지

제 1 막 종점에 서서 아쉬움 있지만
노력만큼 거둔 결실에
인생 후회는 없어

고생 많아서 토닥토닥 이만하면 잘했어
잠시 쉬며
詩 밥이나 지어보게나!

그리움이 내리는 밤

철없이 불어대던 삭풍은
밤이 되고서야 순한 양처럼 야들거리더니
하얀 목화솜 같은 눈으로 나목을 잡는다

눈송이마다 감춰진 시린 마음
하얀 웃음으로 다가서지만
그럴수록 더 공허하게 깊어지는 밤
때늦은 바람이 얄궂다.

겹겹이 쌓인 하얀 그리움
밤새 뒤뚱거리며 걸어와 허한 가슴 적시더니
눈물로 왈칵 쏟아낸다
겨울밤은 아직 시리다.

첫눈

첫눈이 소리 없이 내리는 밤
가만히 밤길을 서성이는 빈 가슴이 있다

어디로 향하는지 알 수 없는 소복한 그리움
펑펑 함박눈으로 발밑에 눕는다

그립다 보고 싶다.
수없이 던져보지만
그 소리는 나목 가지 위에 앉는다
서걱대는 갈대 위에 앉는다

속마음 던진 소리가 가다 말고
톡톡 눈물 되어 떨어지고
끝내 목 놓아 우는 통곡 소리에 묻힌다.

핑크 몰리 밭에 서서

네 곁에 서서 가만히 눈을 감는다
코끝으로 스치는 달콤한 향기 가득하다.

상상의 늪에 빠져 빙빙 돌아가는 나를 본다
네 손을 잡고 춤추는 마음이 보인다

가슴과 마음이 하나 되어
길을 밝혀주는 핑크빛 사랑을 보며
내가 머물 곳을 찾는다

잠이 들면 꿈이 될까 봐
애써 어둠을 누르고 또 눌러본다

햇살이 자분자분 걸어 다닐 때
내 마음도 발맘발맘 걸어 다닌다. 네 곁에서

황혼의 뒤안길에 서서

간혹 짙은 향기에 현혹되어 돌아보기도 했지만,
그 향기는 이내 사라지는
바람 같은 것이었다

반듯해 보이는 기둥을 보며
호기심으로 다가설 법도 하지만
속이 텅 빈 기둥이라 생각하며 묵묵히 길을 걷는다

아름다운 꽃을 보며
지금도 뛰는 가슴 누름돌로 누르며
활짝 피었을 때를 기억하면
이만하면 됐다고 달래 본다

길목마다 유혹의 손길이 도사리고 있었지만,
목적지가 또렷했기에 흔들림 없이 걸어온 길
한 점 후회는 없다.

가을 여인

하늘이 저만치 멀어지던 날
거리만큼 그리움이 더 간절했을지 몰라
구름다리 밟으면 허물어지지 않으려
가슴을 눌렀을 테지
선선하게 파고드는 가을이라는 그림자
당겨도 보며
하늘 닮은 순수한 빛으로 물들었겠지

환상의 분홍 무지개 꿈꾸며
사색에 잠기기도 했었어
가을은 잔잔한 설렘으로
조우를 기다렸을지도 몰라
뜬구름이란 걸 알기까지는 멀지 않았어
하늬바람에 치마폭 여미어야 한다는 걸 알았음이야
가을비 내리는 날 슬픈 진혼곡에
사심 내려놓은 추녀 가을빛으로 물들어간다.

연꽃

늪을 빠져나오기란 불길 건너기보다 어려웠어
태양의 담금질로 진흙 가르는 것은
불가사의한 일처럼 어려웠지
아무것도 아닌 것처럼 생각했다면
그건 잘못이야

누르는 힘의 무게는
여린 몸으로 감당할 수 없을 만큼 압박했지만
가끔씩 스며드는 빛줄기를 보며
할 수 있다는 용기가 생겼어
그날부터 조금씩 대궁을 밀어 올리며 꿈을 꾸었지

인내하는 노력이 없었다면
스며드는 빛은 보이지도 않았을 걸
수없이 속세의 생각을 털어내고 내려놓고
무게를 줄인 후에
양질을 삶을 얻을 수 있었어
그때 비로소 터진 진솔한 웃음을 본거지.

중년의 가을은

가을은 꼬여있던 실타래 풀어지는 것처럼
그리움이 한 올 한 올 피어오르는
그런 계절인가 보다

길을 걷다
문득 마주친 작은 들꽃에도
생각을 얹어 감성을 느끼며
의미를 실어 또 하나의 가을을 짓는다

들국화 향기에서 친구 웃음이 생각나고
낙화하는 꽃잎에서 아픈 기억을 소환하고
또 다른 그리움을 얹는다

아무리 채워도 채워지지 않는 텅 빈 마음
아무리 먹어도 배부르지 않은 헛헛함이 공존하는
가을은 정녕 이런 건가 보다.

흐릿한 이름 하나

눈부시게 파란 하늘 아래
구멍 뚫린 구름이 쳐놓은 그물 사이로
흐릿한 생각이 빠져나와 상념에 잠기게 하는 날

과거와 현제 연결되지 않은 공간
슬픔의 눈물이 흐르고 있다
빗줄기 타고 오르는 끄트머리
그토록 그립던 이름이 흐릿하게 서 있다

애타게 부르던 그 이름
잿빛 먹물에 가려지려 할 때
초연하게 흔들리는 작은 몸짓이 보였고
갈 곳 잃은 눈동자에 눈물이 고였다

압도하던 생각 닿은 거리
손 내밀면 잡아줄 것 같은
따뜻한 사랑이 있다
겨울비 촉촉이 젖는 밤
너무나 그리운 이름 어머니!

울타리 안에 핀 꽃

차가운 바람이 돌아가는 길목
낙엽 부스러기 긁어모아 놓은 곳
짧은 빛마저 빠르게 지나가고
긴 그림자가 시리게 더 시리게 다가선다

부서지도록 다지는 밤이 지나가고
여명에 서릿발이 녹아내리는 순간
지나간 것은 어디에도 존재하지 않고
하루치만큼 볕을 만져 본다

훈풍은 거리를 성큼성큼 좁혀오고
부르터진 손 혈을 돌리며
불그스레 도드라지는 볼살
수줍게 피어오른다.

두려움의 그림자 꼬리를 자르고
볕의 길이를 길게 열리는 그날이 오면
울타리 안에 분홍빛 무지개 같은
사랑 꽃으로 피었다.

길을 걷는다

문득 하늘을 본다
뿌옇게 드러낸 흐릿함 속
어디선가 본 듯한 익숙한 모습이 보인다
순간 가슴을 치밀어 올리는 뜨거운 것이 있다

고개를 돌려 옆을 본다
모두가 알록달록 물감에 젖어 행복한 모습이다
언젠가 바싹 마르면 또 하나의 사연을 적어
발밑에 놓아두겠지

가던 길을 돌아보니 아득하기만 하고
찾을 수 없는 길 끝에 기다리고 있을
그리움에 또 멈춰 서야 했다
언젠가 찾지 않을 그날까지 길을 걷는다.

겨울 문턱

가을의 가쁜 숨소리 들리는가 싶더니
삭풍에 서러움 떨구고
서걱대는 갈대 사이로 바람길 만들어 조용히 사라진다

긴 어둠이 만들어둔 터널은
걸음을 거부하듯 끝은 보이지 않는다
온실의 화초는 혹독한 겨울바람을 알지 못하듯
어둠의 끝도 모른다

무겁게 딛는 발밑에 웅크린 어둠
거리의 가로등 꺼지듯 사그라지고
붉은빛으로 물들이는 새벽을 맞는다

찬 이슬의 눈물 닦을 새도 없이
떠밀리듯 미끄러져 떡갈잎에 앉아
밤새워 기다리던 빛 긁어모아
투명한 유리잔을 눈물로 빚는다.

운문사 반송

집이 아닌 곳에서 집처럼 평온할 수는 없지만
치마폭 펼치듯 사방 사방 늘어뜨리고
옥빛 물결 낯선 향에 취해 흔들리며 또 하루가 진다

쇠북 돌림노래 처마 밑에 자분거리니
목어의 밤은 외롭지 않았겠지
밤이 두렵지도 않았겠지
홀로 지센 긴 밤이 아프지 않았겠지

풍경소리 새벽을 건너올 때
솟구쳐 오르는 태양을 바라보면
밤새 지친 풍경소리는 깊은 잠에 빠져들고
벗님들의 작은 희망 뜨락에 기댄다

외딴섬에 떨어진 듯 홀로 푸른빛이고
온통 잿빛으로 물들어있는 사찰을 안으며
나쁜 기운 마시고 좋은 기운만 흘려내며
어미처럼 포근하게 감싼다.

나훈아 again show

물먹은 솜처럼 하늘이 처져 내리는 겨울날
오색 등불 밝히고
무지갯빛이 무겁던 하늘을 들어 올린다

세월의 나이테를 그리고
떨어진 청바지에 명품을 걸친 명품
차갑던 겨울도 녹여내고
열광의 도가니를 만든다

쥐락펴락 흔드는 데로 따라다니는 마음
가슴에 얹힌 바윗돌을 걷어내고
막혔던 수로도 뚫는다

사람을 만나 한 줌 눈물의 감동을
마음을 열어 기쁨의 환호를
최애의 행복한 순간
여운 되어 가슴을 울린다.

게발선인장 (생일 꽃)

창살은 볕을 화분 위에 앉히고
미래에 대한 이야기를 꺼낸다
조금씩 짧아져 가는 시간과
싸늘하게 식어가는 느낌이 어떤 건지
처음에는 알 수 없었다.

동살의 볕을 손아귀에 쥐고
핏줄이 선명하도록 죄이면서
받은 다짐 물거품처럼 사라졌다
입술 깨무는 인내의 시간이 흘러도
아직도 실연을 충격으로 아무 말도 하지 않는다

어둠이 찾아들 때 너의 심장 소리는
가깝게 더 가깝게 닿을 수 있는 곳에서
신음으로 새어 나왔다
순간 가슴에서 떨어지는 둔탁한 무게에 눌린다
오늘 밤은 고백해야겠다.
사랑한다고.

휴일의 여유

부지런한 볕의 노크로
부스스한 아침이 웃으며 다가서고
로스팅된 부드러운 향기가
그 볕을 따라 살랑살랑 걷는다

휴일이 오기 전 굳게 닫혀있던
창문이 할 일 할 때
가슴을 열어젖히듯 시원한 바람이 포위한다

배시시 밀고 오는 윤슬 같은 볕
나뭇잎과 밀당하는 사이
포르르 한 마리 나비가 날아간다

갓 로스팅된 향기에 매료되는 휴일의 아침
하루에 구속되지 않고
창밖 세상과 통로를 만드는
자유와 평화가 공존한다.

꽃비 내리던 날

짙푸른 하늘을 멍하니 바라보다
무심코 떨어지는 눈물 한 점의 연유는
무수히 많은 별 중에 유난히 빛나는
별 하나 별똥별 되어 떨어지는 걸 본거지

작은 별꽃이 만발해 빛을 내고 있었고
어슴푸레 보이는 모습 사이로
아름다운 밤이 흐르고 있었지

명일 벚꽃처럼 꽃비가 내리고
꽃비 사이로 미소 피어오르고
하얀 손수건 흔들면 그렇게 훌훌 털고 떠나갈 때

회환한다는 그 한마디 너무나 간절한데
돌아오는 메아리도 없어
가슴 한편 커다란 구멍 사이로
손들이 바람만 스치니 아직 시리다.

자화상

핑크뮬리 창살을 비집고 들어선 공간
설렘 가득 공존하고 있었다
매일 같은 꿈을 꾸면서
다른 그림을 그릴 때도 있었다

새끼손가락 걸고 복사하던 그때의 약속들이
물보라 같은 하얀 치아 도드라지고
카멜레온처럼 변색하는
배롱나무가 여백을 채워가는 공간
프로방스의 보랏빛 물감이 쏟아진다.

흔들리는 갈대에서 바로 서는 법을 배우고
들꽃의 웃음에서 내려놓고 비워내는 이치를 깨닫는다
어느 한적한 카페에서 흘러나오는 향기에 젖어
예스러운 돌담길 거닐며 단풍잎 주워 시어 한 점 찍는다

간혹 알싸한 바람이 스쳐 가는 가을
하얗게 지새운 밤
잿빛 머리카락 원고지에 남긴 자국이
제법 선명하게 보일 때
비로소 꽃노을의 붉은 미소를 본다.

제목 : 자화상
시낭송 : 박영애
스마트폰으로 QR 코드를 스캔하면
시낭송을 감상할 수 있습니다

지금이 좋다

앞만 보며 달리다 속도를 늦췄다
꽃잎이 지고 있고
홍엽은 나뭇가지와 이별을 한다
가속도로 보지 못했던 것들이 하나하나 펼쳐진다

숨은 열정 다 쏟아낸
텅 빈 가슴은 여유를 배운다
들꽃의 안부도 묻고 들풀의 이름도 물어가며
한가롭게 길을 걷는다

스쳐 갈 바람의 흔들림을 미리 알려
애쓸 필요가 없다
억압된 세월의 옷을 벗고
훌훌 나는 새처럼 걸어간다

태양을 핥아먹은 나뭇잎처럼 퇴색되어도
봄이면 다시 필 꽃
아름답던 젊음은 아니어도
꽃노을 바라볼 수 있는 지금이 좋다.

인생이란

흐르는 강물과도 같다
어떤 경우도 멈추지 않고
목적지에 도달해 함께 어울려
살아가는 강물 같은 것이다

인생이란 들꽃과 같다
비가 오면 비를 맞고
바람에 흔들리며
홀로 피었다가 홀로 가는 들꽃과 같다

인생이란
피고 지고 다시 피는 가을 홍엽과 같다
제각각 물들어도 조화롭게 어울리는
그림 같은 게 인생인가 보다

하루가 힘들면
또 하루는 웃을 수 있다
낙엽처럼 마지막 소풍 길 오를 때쯤
아름답게 익는 게 인생인가 보다.

마중물

구름다리 건너온 무지갯빛이 흐리더니
어둠을 길게 깔아놓은 끝자락
하얀 그림자로 드리운다

낯익은 모습 뚫어져라 바라보다
이슬점 찍어내고 무표정으로 돌아선다면
하얀 웃음은 저 멀리 사라졌겠지!

그날부터 기다리는 밤이 오면
가교를 딛고 빛을 찾아
은하수 깊은 가슴에 안긴다

풀잎 냄새 진동하는 융단 길
수심 거둬 낸 맑은 민낯을 보며
은하수 수면 위로 헤엄치며 걸어간다.

동백의 밤

소란스럽던 거리 어둠이 발밑에 깔려 걸어오며
동백의 밤은 커다란 눈망울에
또 하나 설움이 자라난다

바람이 불어오고 비릿한 바다 냄새가
진동하듯 다가서는 공포의 조각들
여린 꽃잎으로 맞서야 하는 버거움 중의 하나다

밀려드는 검푸른 그림자의 위협과
송곳 같은 이빨 드러낸 하이에나의 본능이
동백의 밤을 무심하게 밟고 지나간다

다시 돌아온 아침이면 밤새 사투의 흔적
흥건한 핏기가 난무한 거리에
지켜주지 못한 볕이 얼굴을 반쯤 감추고 서성인다.

제목 : 동백의 밤
시낭송 : 박영애
스마트폰으로 QR 코드를 스캔하면
시낭송을 감상할 수 있습니다

115

손자 바라기 꽃

겨울바람이 채 빠져나가지도 않았는데
구부러진 허리로 언덕 위에 서서
곡선을 세울 새도 없이
하염없이 아래만 내려다보는 어머니

서릿발을 이고도 차가운 줄 모르고
소복소복 그리움 털어내며
수없이 부르는 소리
귓전에 맴돌다 메아리로 사라져 간 사연
이젠 알아요 당신의 그 깊은 사랑

꽃같이 곱던 삶 탈탈 털어낸 듯
검붉게 타들어 가는 마음 겉으로 드러내고
오늘도 글피도 기다림에 굽어진 허리
이제 편히 누워
파란 하늘 같은 손자 웃음 보세요.

세상이 아름답게 보이는 날

남쪽에서 들려오는 소리가 있다
그 속은 따뜻함이 있고
믿음이 내포된 고향에서 날아오는 향기 같았다

겨울을 이겨낸 설연화 같은 것
은은한 향기로 자신을 알리는 매화꽃 같은 것
봄볕을 만지는 영산홍 같은 것

마른 가지에 생명 불어넣는 엽록체
혈관 타고 흘러들 때
아름다운 음률로 산야를 물들이는 봄노래 같은 것

겨울을 살포시 밀어내는 미약함
그러나
그 이상 상상이 존재하는 그림같이 화려한 봄.

그리움은 폭우 되고

어두운 그림자가 창을 타고 내려와
두드리는 소리가 심상치 않다

기필코 할퀴고 말겠다는 의지를 보이더니
예리한 칼로 가슴 한편에 구멍을 낸다

폭우로 내리는 그리움이 번질 때
마음 놓고 그립던 이름을 불러본다

아무도 듣지 못할 소리로
당신과 잇는 선을 통해
나직이 불러보는 엄마! 엄마! 엄마!

비 그리고 그리움은 엄마인가 봐!

비는 견디기 힘든 아픔이 되고

가슴에 지어놓은 아름다운 집을 허물고
제 살로 채워놓은 후

스며들 때 밀어내지 못한 후회는
출렁이는 가슴을 만들었다

기울 때마다 아픔이 넘칠까 봐
고장 난 초침처럼 멈춰 서버린 시계

다시 태엽 감을 용기를 내지 못하고
그칠 줄 모르는 그리움이 폭우가 된다

지금도 가슴으로 흐르는 빗소리가 있다
그 울림에 또 비틀거린다.

아픈 사랑

한 많은 여인의 처연한 몸부림은
억수 비가 쏟아지는 날
홀로 가는 젖은 길에
선혈 쏟아놓은 꽃길 따라 흐르고

가로로 그어놓은 빗금은
지워낼 수 없는 흔적 되어
더 아프게 다가서 혹독한
삭풍으로 뚫고 지나간다

붉은 강물 건너는 그림자 잡지 못하고
발만 동동거리다 주저앉아버린
작은 모습 위에 하얀 나비 앉았다

내가 가지 않고는 볼 수 없다는
현실을 직면하고 커지는 눈물방울들
어디인지도 모르고 따라나선다

하얀 손수건 흥건히 적시던 날
평온한 모습으로 홀연히 떠나는 당신
사랑이 끝나지 않았기에
잘 가란 인사할 수가 없었다.

그리움은 빗물처럼 흐른다

잿빛 구름 끄트머리에서 밀려와
가슴에 닿기까지 그리 오래 걸리지 않았다

허공을 뚫고 번개처럼 다가서는 그림자
그 속에 당신이 있고
친구가 있다

물길 스미듯 구석구석 훑어 시린 밤이 되고
잠시 잊고 지낸 생각 상기시키듯
가슴 깊숙이 안긴다

어둠이 앉은 밤이 되면
강물 붓듯 커지는 조각조각들
떨어져 나갈 생각은 전혀 없는 것 같다

동살이 걸어 나오며
꿈처럼 사그라질 줄 알았는데
그리움은 그칠 줄 모르는 폭우처럼 젖는다.

무서운 습관

생각 없이 사색으로 빠져들며
구름 흐르듯 조용하게 스며와
빗물처럼 가슴을 적시는 그리움이 있다

적당할 땐 미소를 지을 수 있는
작은 행복으로 와서
걷는 속도에 따라 짙은 그림자를 내려놓는다

더 깊어지면 감정이 파고들고
걷잡을 수 없는 강물처럼 불어나
억누를 수 없을 정도로 비틀거리는 그림자를 본다

가파른 언덕을 오른 뒤
정리되지 않은 울림이
큰 바위에 눌림으로 옮겨지는 그리움
눈물 한 방울 뚝 뚝뚝 떨어진다.

눈이 내린다

어둠과 함께 꺾이는 마디마디가 시려올 때
밤새 쌓아놓은 돌탑을 허물어뜨리고
하얀 아침이 걸어온다

아무 일 없었다는 표정으로 천연덕스럽게
뜰에 앉아있는 장독에 소복하게 정을 담는다

가느다란 솔잎도 몽실하게 감싸고
가지마다 빈 곳 없이 채워
시린 가슴마저 따스한 온기가 전해온다

부스스한 눈으로 바라본 하얀 세상은
혼으로 그린 엄마의 마음이고 사랑이었다.

언덕 위에 선 복사꽃

문득문득 흔들릴 때가 있다
그렇다고 바람 따라갈 수는 없다
꺾이지 않게 리듬으로 대응하며
버텨내는 인내가 필요하다

어느 포근한 날 나비 한 마리
우연히 날아가다 마주친다면
주저 없이 내게 다가올 것만 같은데
아직은 때가 아닌지 아무도 없다

복사꽃으로 옅은 미소가 번질 때
촉촉이 스며드는 감미로움을 느낄 수 있는 건
무엇인가를 믿는 것에서 온다

살아간다는 건 때에 따라 대응하는 자연의 순리
그렇다고 쉽지만은 않은
설정하기에 따라 파란 지시등으로 켜는 것이다.

그립다고 생각하면 설움이 복받칩니다

낙화하는 꽃잎 따라가 버린 당신
홀로 속울음 삼킬 때
가슴을 탁 치는 무언가가 번개처럼 스쳐 갑니다

가을볕이 유난히 설레던 날
하얀 미소 연사기처럼 스쳐 가고
그때마다 보고 싶다 다그치는 마음이 있습니다

잿빛 하늘은 한바탕 곡을 할 것처럼 찌푸려도
낙화를 믿지 않으려는 꽃잎
발버둥에도 소용없다는 것을 소낙비가 말해줍니다

먼 곳에서 다가오는 바람을
멍하니 바라보던 눈동자가 흔들리고 있는 건
당신 향기 가득 실은 바람이라
못 견디게 사무치고 있나 봅니다.

가을은 그리움이다

높은 하늘 끝자락에 걸린 조각구름
내 마음을 풀어놓은 수심 깊은 바다 위에 누워
저 닮은 모습에 정감이 가는지
스스럼없이 파도에 유영한다

포럼 하는 파도의 미소에서
하얗게 핀 구절초 향기가 배어 나와
비릿한 바다 냄새를 감싸고
하늘 자락으로 달음박질하는 마음을 본다

하늘빛과 바닷빛이 공존하는 공간
보이지 않는 그 무엇을 쫓는 눈동자에
어린 그림자 가을이라 외로움이 더해진다

윤슬이 춤추는 동해 둘레길
가을빛 입은 가로수
바다 위를 조심스레 걸어가는 발자국은
그리움이라 말한다.

제목 : 가을은 그리움이다
시낭송 : 박영애
스마트폰으로 QR 코드를 스캔하면
시낭송을 감상할 수 있습니다

파도 같은 인생길

파도가 그네를 탄다
껑충껑충 뛰며 흥겹게 파도를 탄다

원을 그리며 뒤도 돌아본다.
생각을 굴리듯 돌아온 길에 하얀 웃음 놓는다

추억과 그리움 한 땀 한 땀 엮은 꾸러미
부서지는 파도 사이에서 고개 내민다

뉘 볼세라 배시시 웃고
속마음 숨기며 활짝 웃고
박장대소도 부끄럽지 않다

설렁설렁 살아가는
얕은 바람의 파도타기란 갈매기 날갯짓처럼
굽이굽이 넘어가는 인생길

즐겁다
행복하다
굵직한 매직으로 새겨놓는다.

가을이란다

전력 질주하던 수레바퀴 낡았는지 질주를 멈추었다
불태우던 뜨거운 열정
패기 하나 믿던 그때는 제대로 느낄 수가 없었다

걸음에 힘을 빼고 자연을 실었다
차츰차츰 다가와 품속으로 안기는 가을이란다
너처럼 익어가는 인생이 되고서야
비로소 찾은 여유로운 삶

한시름 내려놓고 가을 길을 걸어본다
낙엽은 결코 슬프지만 않더라
지는 꽃잎도 외롭지 않더라
슬프던 하늘도 더는 눈물 보이지 않더라

지는 들꽃도 나름대로 운치가 있고
높은 하늘 구름도 아름다움이 있고
폐부로 파고드는 시원한 갈바람도 고독하지 않고
모든 것을 즐길 수 있는 여유가 있는 지금이 더없이 좋다.

제목 : 가을이란다
시낭송 : 박영애
스마트폰으로 QR 코드를 스캔하면
시낭송을 감상할 수 있습니다

128

가을 마중

그토록 기다리던 그대
오신다는 기별을 받고
첫선 같은 설렘으로 마중합니다

풋풋한 몸매
상큼한 모습의 살살이꽃
하늘하늘 춤추는 추녀로 그대를 마중합니다

어디서 오시는 줄 몰라
사방에 황금 융단으로 치장하고
은은한 들꽃 향기를 뿌려두고
간절히 기다리고 있습니다

폭염에 시달리던 똘기들
젖가슴 부풀 듯 속살 드러내고
수줍음에 발그레 물들어 가는 모습으로
그대를 마중합니다

구름이 바람에 씻어지길 여러 번
볕에 부서지길 여러 날
푸름이 점점 옅어지더니
알록달록 물들어 가는 길목에서 그대를 기다립니다

이 길을 걷는 그대가 행복했으면 좋겠습니다.

129

퇴직 그 이후

철심에 단단히 묶여
미세먼지도 스며들시 못했나 봐
이중 삼중 잠금으로
스치는 바람 소리도 들리지 않았어

닫힌 건 현관뿐이 아니었어
얼어버린 마음은
창문 넘어 봄볕과 대치했겠지

요란하던 폰 벨은 조용히 주검을 맞았고
또각또각 인기척은
왜 이렇게 긴장되는지 젠장

남풍 따라
매화가 먼저 웃었을 테고
잇따른 소식은
나도 너도 봄이다. 아마도 떠들썩하겠지

속박되었던 시간
세상 모든 길을 잊어버린 듯
오늘도 현관문은 열리지 않았다.

꿈에 그리던 스페인

초원의 양 떼는 질주하는
세월의 수레바퀴에 관심이 없는 듯
눈 맞춤이 없다
바른 질서 배운 올리브
흐트러짐을 감춘 이랑 사이
태양의 정열 한바탕 쓸고 간다

뜨겁게 달군 대지
샤워를 마친 상큼한 화이트와인 붉은 길을 밟고
심장을 물들이는 밤들로 거리에 누워
떨어지는 샹들리에 불빛을 맞으며
진한 탄식을 게워 낸다.

코발트빛 물결을 끝없이 토해놓은
낯선 이국땅 흡수까지는
잠깐의 시간이 필요했을 뿐
영혼 빠진 모습으로 넋을 풀어놓은 거리
걷고 또 걷으며 갈피 갈피마다
소중한 추억 쌓는다

두근두근 들뜬 마음속으로 삼키며
억겁 년 안고 살아갈 소중한 추억들
무엇보다 귀한 보석으로 와닿는
순간을 뒤로하고 긴 활주로를 밟는다.

두바이

긴 기다림의 끝은
찬란하게 문을 열고 민소매로 안겨든다
밤길을 달리며 두어 끼 기내식에 부푼 모습이지만,
기쁨이 깃들어 봄꽃 피듯 화사하다

또 다른 세상이 빛을 보내는 곳으로
설렘이 먼저 도착해 반겨주는 두바이의 아침
뛰는 가슴 지그시 누르며
밤새 두렵던 어둠을 밀쳐낸다

여행이란 잠자던 심장을 깨우고
한 단계 성숙을 딛고 서는
내겐 그런 자체가 되고
여유와 행복을 가져다주는 참 좋은 친구다

어떻게 요리해 어떻게 소화할지
두근두근 아리송
굿모닝 두바이를 수없이 외치며
첫발을 살포시 내려놓는다.

안녕 타이베이

뜨겁게 달구어 끓어오르는 심장을
가슴에 안고 떠나는 길목에서
잊지 못할 한 가지
그건 바로 너의 사랑이었어

천국처럼 아늑한 곳에서 편히 쉴 수 있게 한 배려
어떤 것으로 행복하게 해 줄 것인가에 초점을 맞추고
수십 가지 산해진미로 차려놓은 밥상을 받고
아무런 생각 없이 고르는
편식 주의에 이기적인 나를 본다

진귀한 보물 보따리를
무심하게 툭툭 던져주는 재치꾼
하나하나 풀어보며 탄식도 남몰래 새어 나왔다

나를 위해 준비한 네 사랑 가슴에 간직하고
훗날 하나씩 꺼내어 반추하며
삶의 활력소로 살아갈 수 있을 것 같아
고마워
안녕 타이베이!

나를 돌아보게 하는 여행

긴 시간 기내에서 억압될 때
탈출을 꿈꾸며 어둠을 뚫는 눈망울 본다

행복하다 설렌다. 하지만
어디까지 진실인지 가슴을 두드리며
물어볼 때도 있었다
하지만 정답을 찾을 수 없었다.

마디마디 스치는 찬 기운
마다하지 않고 받아들여야 하는 현실
시려도 삐걱거려도 입가에 미소를 짓는다

때론 나를 속이고
내게 속으며
가슴 쓸어내리며 걸어가야 하는 게 운명이라며
토닥토닥 다독여본다.

태국

언제부턴가 연말이 되면
잘 살았다 수고했어! 토닥이면
내게 주는 선물이 있다

일 년을 기다리는 이유 중 하나
추위에 웅크려진 마음
진득하게 파고드는 더위 찾아
묻지도 따지지도 않고 떠난다

삼복더위보다 더 뜨거운 공기에 쌓여
삶의 무게를 벗어내고
달콤한 과즙을 삼킨다

짧은 시간이 아쉽지만, 또 달려가다 보면
다가올 명년을 기약하고
가벼운 마음으로 하늘을 날아오른다.

베트남 (미케비치 해변에 서서)

야자수 늘어뜨린 긴 해변
갈매기는 간데없고
잎새에 매달린 바람은 잠자는데
십삼만 혼령들이 자유 찾듯
일으키는 반란으로 모든 걸 삼킬 듯
높은 해일만 일으킨다

성난 파도 잠재우려
육십여 미터 높은 불상 세웠지만
넋은 잠재우지 못하고
수없이 많은 행락객
쾌락에 빠져드는데
불상은 아무 말 없이
바다만 바라본다

어둠이 내리며 검푸른 포럼
긴 해변 삼킬 듯 몰려오지만,
낮에 거닐던 발자국만 지우고
가로등 노란 불빛이
파도 위에 떨어져
별 무리같이 부서진다

뽀얗게 빛나는 모래 알갱이와
축축 늘어진 야자수 그늘 밑에
사랑하는 그대와 나의
짙은 아쉬움만 미소로 남을 뿐
너울은 멈출 줄을 모른다.

베르사유 궁전

매일 새로운 인연
기다리는 초연한 모습
긴 밤 찬 서리도 아랑곳하지 않고
또 다른 사랑을 꿈꾸며
붉은 동살 등에 업고 꼿꼿이 섰다

넓은 정원의 모든 것
권력에 위압을 당한 듯 질서 정연하게
앉아 있고
서열 정리하듯 껑충껑충 놓인 계단을
넘나드는 굵직한 빛의 무딘 속도를 본다

단단히 고정된 정원 한 마리 나비가 난다
이슬이 채 마르지 않는 날개를 털어
미끄러지듯 곡선을 그리며
우아하게 황홀하게 정원을 난다

붉은 일출 뽀얀 서리 삼킬 때
절정에 다다른 나비의 비상
넓은 정원 장악하고
한 송이 꽃처럼 피어나
궁의 주인공 여왕처럼
치맛자락 땅을 쓴다.

또 다른 일출

끝없이 펼쳐진 베네치아
막힘없는 도로를 달릴 때
용광로와 같이 뽑아내는
불기둥을 보며 생각에 잠긴다

가로수가 아닌 자유로운 나목
새벽이슬 마신 흔적
트리처럼 꽃 피운 상고대
곧 사라질 운명 앞에 마지막 눈물을 본다

빨간 지붕 뽀얀 이슬
내가 여태 봐 온 겨울 풍경이나
똑같은 그림을 보며 감정에 혼란을 가져온다

붉게 더 붉게 물들이며 유혹하는 일출
여드레 만에 빠져들어 허우적이는 모양새
정신을 똑바로 세우고
낮은 이국에서 희망찬 아침을 연다.

특별한 크리스마스

화이트 크리스마스는 아니지만,
파리의 화려한 트리의 물결에
들뜬 마음 감출 수가 없다

센 강 유람선에서 바라본 에펠탑
인간이 만든 창조물의
거대함을 보며 새삼 숙연해진다

에펠탑의 화려한 조명 아래
하얀 치아 돋보이는 흑인 상인들
유창하지 않은 어색한 발음으로
반짝반짝 오 유로 많은 생각을 한다

특별한 휴가
사랑하는 사람과 함께라
최고의 크리스마스로 기억되며
황홀한 시간으로 간직한다.

센 강

붉은 노을 강물에 뉘더니
반짝이는 모습으로 다가와
두드리는 박자가 절도 있게 마음을 이끈다

아름다운 파리의 창조물
에펠도 루브르 박물관도
종일 바쁘던 걸음을 멈추고
강물에 누워 쉬어갈 때쯤

선상 파티에 촉촉이 젖어 들어
가슴이 흔들린다
흥에 취하고 사랑에 취해
노을빛처럼 익어간다

강물 따라
도시의 아름다움도 흐르고
센 강도 흐르고
내 사랑도 출렁이며 따라나선다.

로마의 거리

옷을 벗은 로마의 거리
멍을 부를 만큼 맑은 하늘이다
푸른색 우산을 펼쳐 싱그러움을 불러오는
소나무에서 하루치 희망을 부른다

여독의 고단함을 벤츠 가죽이 감싸주고
검은 눈동자가 빛을 내며
로마의 역사를 따라다닐 때
바람처럼 가벼워진 나비의 날갯짓을 본다

아무리 날아도 끝을 볼 수 없는 거리
그 앞에 또 다른 불을 켠다
길어진 목 부목을 댄 듯 경직을 불러올 때
묵언이 된 감탄사가 가슴으로 내려간다

천지창조와 최후의 만찬에
신을 본 듯 조용한 흔들림
미켈란젤로 작품의 경이로움에
한없이 초라한 내 모습을 내려놓았다.

진실의 입

믿을 수 없다.
하지만 손을 넣지 못했다
심장이 뛰는 이유가 분명히 있었겠지

순간 멈칫거림이 보였다
내가 모를 내가 거짓말을 했을지 모르기에

나도 모르는 거짓말이 흐리지 않도록
아름다운 입술을 주소서

진실의 입에 거리낌 없이 손을 넣을 수 있게
늘 좋은 말만 심을 수 있게 하소서

녹슬지 않는 생각으로 바른 어른이 되어
살아갈 수 있도록 힘을 주소서!

텃밭에서 세상 보기

김순태 시집

2024년 7월 8일 초판 1쇄
2024년 7월 10일 발행
지 은 이 : 김순태
펴 낸 이 : 김락호
디자인 편집 : 이은희
기 획 : 시사랑음악사랑
연 락 처 : 1899-1341
홈페이지 주소 : www.poemmusic.net
E-Mail : poemarts@hanmail.net

정가 : 12,000원
ISBN : 979-11-6284-535-6